Franz Mittler
Gesammelte Schüttelreime

SERIE PIPER
Band 1642

Zu diesem Buch

In Wien kursierte ein Vers aus anonymer Feder, der neidvoll das unerreichbare Genie Franz Mittlers pries: »Die Schüttelreime sch... der Mittler / Und glaubte, er sei ein Meisterschüttler.«

Das war er ohne Zweifel, der Musiker, dessen Schüttelkunstwerke uns durch seinen Freund und Verehrer Friedrich Torberg übermittelt wurden.

Inhaltlich bedient Mittler ein weites Spektrum: Von der Theologie (»Im Himmel traf ein Kabel ein / Knockout schlug ich den Abel. Kain«) über die Pädagogik (»Der Kurti ließ ein Stinkerl wehn / Drum muß er jetzt im Winkerl stehn«) bis hin zur Erotik (»Mein Lieber, ohne Dritten sama / Zuwenig für ein Sittendrama«). Eine der wirklich raren Kostbarkeiten aus der Schatztruhe der Sprachakrobatik!

Franz Mittler, geboren 1893 in Wien, gestorben 1970 in München. Dirigent, Pianist, Komponist und Gelegenheits-(schüttel)dichter. *Friedrich Torberg* (1908–1979) studierte Philosophie in Prag und Wien. Er war begeisterter Anhänger von Mittlers Schüttelreimen und publizierte viele seiner geschüttelten Worträtsel in der von ihm herausgegebenen Monatsschrift »Forum«.

Franz Mittler

Gesammelte Schüttelreime

Herausgegeben von Friedrich Torberg

Piper
München Zürich

Die Abbildungen im Buch und auf dem Umschlag sind dem Holzschnitt »Das Menschenalphabet« von Peter Flötner (gest. 1546) aus der Graphischen Sammlung Albertina entnommen.

ISBN 3-492-11642-6
September 1994
R. Piper GmbH & Co. KG, München
Lizenzausgabe mit Genehmigung der
Christian Brandstätter Verlagsgesellschaft m.b.H., Wien

Umschlag: Federico Luci
Satz: datacon, Wien
Druck und Bindung: Clausen & Bosse, Leck
Printed in Germany

Inhalt

A
B
C
D
E
F
G
H
I
K
L
M
N
O
P
Q
R
S
T
V
W
X
Y
Z

Zum Geleit

Von Friedrich Torberg

Anfang 1938 erschien in Wien, in einem jener kleinen Liebhaberverlage, die es damals noch gab (und bald darauf nicht mehr geben sollte), ein schmales Bändchen mit dem Titel: „Macht man denn aus Kalk die Terzen . . .?" Auf den ersten Blick wirkte diese Frage schlechterdings unverständlich, auf den zweiten ging ein seltsamer Reiz von ihr aus, und auf den dritten stellte man fest, daß es sich um die Anfangszeile eines Schüttelreims handelte, genauer: eines schüttelgereimten Dialogs, der offenbar von einem Erwachsenen mit einem wißbegierigen Kinde geführt wurde und folgenden Wortlaut hatte:

„Macht man denn aus Kalk die Terzen?"
„Nein, man macht aus Talg die Kerzen!"
„Also heißt's: kerziärer Talg?"
„Nein, mein Kind: tertiärer Kalk!"

Es geschah nicht von ungefähr, daß das eigentliche Schüttelwort des Reimpaares aus der Musiksprache kam, daß Musik und Sprache sich

hier auf ebenso verwirrende wie natürliche Art durchschlangen. Denn der Verfasser des Reims und des ganzen Büchleins war nicht nur Musiker, sondern durfte sich als solcher auf die Partnerschaft einer höchst sprachempfindlichen Instanz berufen: Franz Mittler, Komponist und Pianist, besorgte bei den Nestroy- und Offenbach-Abenden von Karl Kraus die Klavierbegleitung. Und wer zu Karl Kraus in Beziehung stand, mußte auch zur Sprache eine legitime Beziehung haben, sonst wäre er niemals so weit und dem Sprachmeister niemals so nahe gekommen.
In der Tat ist Franz Mittler für seinen spielerisch produktiven Umgang mit Wort und Reim gewissermaßen zweifach legitimiert, durch sein eminentes Sprachgefühl wie durch seine eminente Musikalität.
Was die musikalische Ausfertigung betrifft, hat Mittler selbst, im Vorwort zu der eingangs erwähnten (und längst verschollenen) Sammlung von Schüttelreimen, auf deren „vielfältige Analogie zum Gebiet der Kontrapunkte, Kanons und Fugen" hingewiesen und hat damit zumindest angedeutet, warum es gerade Musiker sind, die sich – bei aller sonstigen Literaturferne – so gern und erfolgreich als Schüttelreimer versuchen. Man denke nur an den „autobiographischen" Schüttelreim des Klaviervirtuosen Arthur Schnabel: „Am Anfang war

auch Schnabel nur – Das Ende einer Nabelschnur“; oder an jenen (namentlich leider nicht gesicherten) Konzertmeister, der dem Dirigenten Heinz Unger bei einer lang über die Mittagspause hinausgezogenen Orchesterprobe einen Zettel zuschob, auf dem geschrieben stand: „Bedenken Sie, mein lieber Heinz Unger – Die Leute kriegen gegen eins Hunger“; oder an die vermutlich nicht direkt an den Adressaten gelangte Schöpfung eines andern Orchestermitglieds, als der stets um sein Äußeres besorgte Dirigent Fritz Stiedry auf einer Probe immer wieder abklopfte und es immer wieder anders haben wollte: „Wie bist du heut, o Fritz, so schön – Nur leider etwas schizophren.“ Die Reihe ließe sich fortsetzen, aber dazu ist hier weder Raum noch Anlaß gegeben. Wer sich über das Thema „Schüttelreim“ genauer zu informieren wünscht, halte sich an „Die Schüttelreimer / Bericht über eine Reimschmiedezunft“ von Manfred Hanke (Stuttgart 1968), eine hervorragend fundierte Geschichte und Analyse dieser Reimform. Hanke bringt das Kunststück fertig, bei aller wissenschaftlichen Akribie niemals den Humor seines Gegenstands aus den Augen zu verlieren, belegt die frühesten, im 13. Jahrhundert entstandenen Schüttelreime, weist den Minnesänger Konrad von Würzburg als ihren „Ahnherrn“ aus und verfolgt ihre Entwicklung bis in die jüngste

Gegenwart, in der auch Franz Mittler gebührlichen Rang zugewiesen bekommt. Den oben zitierten Schnabelschen Schüttelreim schreibt Hanke – wie ich glaube: irrig – dem Grafen Keyserling zu, als einen Revancheakt für den (laut Hanke) von Schnabel stammenden: „Als Gottes Atem leiser ging – Schuf er den Grafen Keyserling". Im übrigen will ich mit Hanke nicht rechten, erstens weil ein zuverlässiger Quellennachweis heute wohl kaum zu erbringen wäre, und zweitens, weil Hanke im Zusammenhang mit Mittler und Karl Kraus auch mir eine lobesame Erwähnung zuteil werden läßt. Hingegen möchte ich versuchen, dem besonderen Witz der von Mittler geschaffenen Schüttelreime auf den Grund zu kommen.

Er beruht – kurz gesagt und rasch vorweggenommen – darauf, daß er vom Schütteln und vom Reimen unabhängig ist. Mit anderen Worten: Franz Mittlers Schüttelreime, oder doch die meisten von ihnen, wären auch dann witzig, wenn sie keine Schüttelreime und sogar wenn sie keine Reime wären. Ähnlich wie der Wahrheitsgehalt des Sprichworts auch ohne Reimnis von „Eile" auf „Weile" bestehen könnte, würde den Mittlerschen Schüttelreimen auf jeden Fall und in jeder Form ein bestimmter Gehalt an Komik verbleiben, sei's ein komischer Gedanke, eine komische Vorstellung, eine komische Situation. Diese Qualität sollte jedem

Schüttelreim innewohnen. Wohnt aber nicht. Nehmen wir eines der ältesten und berühmtesten Beispiele aus dem Genre der sogenannten „Vierfachen“:

Ein Auto fuhr in Gossensaß
In eine solche Soßengass',
Daß sich die ganze Gassensoß'
Gleich über die Insassen goß.

Was, bitte vielmals, ist eine Soßengass'? Es hat sie nie gegeben, ehe sie aus dem Namen einer unschuldigen Südtiroler Ortschaft unter gräßlichen Geburtswehen in die Welt geschüttelt wurde. Sie wäre allenfalls ein geeigneter Aufenthalt für das von Christian Morgenstern erfundene Wiesel, das um des Reimes willen auf einem Kiesel saß. Sie existiert nur um des Schüttelreimes willen. Sie ist ein Krampf.
Und nun lassen wir Mittler das Wort ergreifen und es vierfach schütteln:

Schon war der uns von Gott verliehne Mai da,
Da sah ich Fräulein Wilhelmine, leider.
Sie hängt im Garten auf die Leine Mieder
Und trällert „Leise flehen meine Lieder . . .“

Welch ein Unterschied. Wie zwanglos und natürlich entfaltet sich da das Reimwort zu immer neuer Pracht und treibt beinahe selbsttätig seine vierfache Blüte. Wie da alles sitzt und stimmt, inhaltlich, formal, visuell, atmosphä-

risch. Welch bildkräftiger Kontrast zwischen dem uns von Gott verliehenen Mai und dem alles eher als göttlichen Akt des Miederaufhängens, den Fräulein Wilhelmine im Garten vollzieht. Da kann man wirklich nur „leider" sagen, wenn man das Pech hat, sie zu sehen. Und zu allem Überfluß trällert sie auch noch kokett vor sich hin. Wahrscheinlich will sie die Aufmerksamkeit des Betrachters – den sie nicht zu bemerken vorgibt – auf sich lenken. Dafür spricht ja auch der von ihr geträllerte Text.
Und was trällert sie, die Wilhelmine? Sie trällert ein Lied, das wir alle kennen und alle schon einmal geträllert haben – ohne zu ahnen, daß in den beiden Schlußworten seiner Titelzeile ein Schüttelreim sich birgt, noch dazu ein vierfacher. Um uns das zu entdecken, hat erst Franz Mittler kommen müssen.
Das tut er ja überhaupt mit Vorliebe: aus scheinbar taubem Gestein durch Berührung mit seinem Schüttelstab eine lustig sprudelnde Reimquelle hervorlocken. Auch der Erlkönig, beim Genitiv gepackt, mußte Reim beigeben. Und mit des Hausarztes Hilfe offenbart selbst eine so alltägliche Wendung wie „schwarz auf weiß", an der wir bis jetzt hochmütig vorübergegangen sind, ihre Schüttelbarkeit.
Die Offenbarung – „Nehmts Aspirin und warts auf Schweiß!" – erfolgt mit leicht wienerisch-israelitischem Unterton, in den Mittler biswei-

len verfällt und den er sich zu so spezifischen Effekten dienstbar macht, daß eine Zusammenfassung in eigenem Abschnitt geboten erschien. „Is das wohr, Irma, ihr habts Ohrwürmer?" lautet die bange Frage „Unter Sommerfrischlern", und die Gattin verlangt nach einer Federboa, weil sie sinn-, reim- und herkunftsgemäß in die Bäder „fohrt", nicht fährt. Hier tritt, nebenbei, auch ein soziologischer Aspekt in Erscheinung, der freilich an eine nicht mehr vorhandene Gesellschaftsschicht gebunden ist und somit fast schon historisches Interesse beanspruchen darf. Federboa und Angst vor Ohrwürmern, Ausblick vom Seehotel und eine Maid, die Sachsel hieß, Esplanade in Ischl und Sommerfrische überhaupt, vorzugsweise im Salzkammergut („Was für ein Gejüdel in Kammer am See – Samer am Kai?"): es sind die Palimpseste einer vergangenen Zeit und einer verschollenen Kaste, die hier noch einmal zu beinahe wehmütig heiterem Dasein erwacht. Denn ach, am Kai wird nicht mehr gejüdelt, niemand „macht" mehr Schwammerl fürs schwache Mammerl, und auf der Ischler Esplanade begegnet man der einstmals Sachsel geheißenen Maid höchstens noch in Gestalt einer alten Dame, die von weither, von überseeischen Gestaden, zu Besuch gekommen ist, um Erinnerungen aufzufrischen . . . Wir wollen mit Mittlers Schüttelhilfe ein gleiches tun.

Nicht nur die Tonfälle, auch die Titel, die er über seine Reime setzt, bewirken zusätzliche Komik. Daß man im Kaukasus davon absehen soll, Säue zu küssen, wird erst als „Etikettenfrage“ so recht beherzigenswert, und Kains Brudermord an Abel überrascht uns als „Biblisches Sportereignis“ ebensosehr wie die Erkenntnis, daß die vielen Hallstätter Kröpfe zur „Heimatkunde“ gehören. „Man staunt“ in der Tat. Nicht ganz so sicher ist, ob man sich tatsächlich fragt, was in Mitterweißenbach die Gelsen vor'm Gewitter beißen mach' – übrigens einer der imposantesten Belege für Mittlers formale Meisterschaft, nur noch übertroffen von jener halsbrecherischen Bratislaver Gojte, die eigens zum Vesuv ging, damit sie dort gratis Lava erbeute. (Ein Schüttelreim ist um so kunstvoller, je tiefer sein Beginn in die Zeit hineinreicht. Meistens begnügt er sich mit den letzten drei oder vier Silben. Die Souvenirjägerin aus Preßburg konsumiert ihrer sieben.) Der Vollständigkeit halber sei noch darauf verwiesen, daß Mittler auch fünffach, sechsfach und sogar achtfach schütteln kann; daß auch englische, französische, lateinische und englisch-deutsch kombinierte Reime unter seinem Zugriff ins Schütteln geraten; und daß man angesichts dieser Vielfalt und Fülle zu verstehen beginnt, warum ein neidiger Anonymus sich nicht anders zu helfen wußte, als folgendermaßen gegen den Meister aufzubegehren:

Die Schüttelreime sch . . . der Mittler
Und glaubt, er sei ein Meisterschüttler.

Er glaubt es nicht. Er ist es.

Bilderbuch des kleinen Lebens

Die Kinderstube

Badendes Baby*

Zum Tag aus ungewisser Nacht,
Zum Licht aus Finsternis erwacht,
Hör' ich dich plätschern, nasser Wicht,
Doch freut dich, scheint's, das Wasser nicht!

Nesthäkchen

Das Kind, das goldne Locken trägt,
Schreit laut, damit man's trockenlegt.

Ein netter Kerl*

Was macht er denn, der liebe Klaus, heut?
Wenn er nicht Würstel, kalt und heiß, klaut,
Nicht Felsenstücke auf ein Gleis haut,
Brennt er ein Loch in Mutters Hauskleid!

Reinlich ist peinlich

Du mußt das Kind, wie sich's auch wende, haschen –
Freiwillig kriegst du's nicht zum Händewaschen!

Fürsorglich

Mein Kind, die Mutter schmiert dir Wecken
Mit Gänseschmalz, das wird dir schmecken!

Gerechte Strafe

Der Kurti ließ ein Stinkerl wehn,
Drum muß er jetzt im Winkerl stehn.

Martyrium

Das Kind, das so geplärrt hatte,
Saß auf der heißen Herdplatte.

** nach einem Titel bedeutet, daß es sich um einen vierfachen Schüttelreim handelt*

Ungeschlachter Knabe

Kennst du denn keine Sitte, Bär?
Wer etwas will, sagt: Bitte sehr!

Nachhilfestunde

Dir soll ich Algebra zeigen?
Eher lernt ein Zebra geigen!

Der brave Sohn

Im Bette liegt das schwache Mammerl,
Ich koch' für sie und mache Schwammerl.

Affenmutter

Die lange Mähne an dem Schädel
Ist ja das Scheene an dem Mädel!

Wasserscheu

Statt daß sich die Range wusch,
Schmiert sie auf die Wange Rouge.

Der Spätaufsteher

Wirst du bis elf Uhr früh im Bette lesen,
Treib' ich dich aus mit dem Toilettebesen!

Am häuslichen Herd

Kleinbürgerlich

Es zeigt die junge Hopfenstang'
Schon früh zum Strümpfestopfen Hang.
Und wird die Hopfenstange älter,
Dann heirat' sie ein Angestellter.

Die Kostspielige*

Zu gründen einen Herd es galt.
Warum? Nun, sie begehrt es halt.
Wer mit der Hildegard es hält,
Den kostet sie ein hartes Geld.

Umsorgt*

Wie schön, wenn nach dem heißen Bad
Man gleich etwas zu beißen hat!
Drum gern und ohne Hassen beut
Mir meine Frau Klobassen heut.

Schlechte Hausfrau

Du lauschst des Rundfunks Ätherspäßen,
Und ich muß deshalb später essen!

Vor dem Frühstück

Es sprüht mein Geist nur träge Funken,
Weil ich noch nicht Kaffee getrunken.

Die junge Gattin

Erst als lange genug der Wecker gelärmt,
Hat sie mir das Frühstück lecker gewärmt.

Wählerisch

Schmeckt dir so schlecht die milde Wurst,
Daß du wie eine Wilde murrst?

Höchst Kulinarisches

Der Braten: schwarz. Die Sauce: grau.
Die Köchin: eine große Sau.
Du meinst, daß ich das essen solle?
Ja bist du denn besessen, Olle?

Gute Hausfrau

Wird dein Anzug fadenscheinig,
Reparier' den Schaden fein ich.

Neu vermählt*

Wenn nicht das Glück wir fänden
In unseren vier Wänden,
Das wär' kaum zu verwinden –
Wo sollt' es sonst wer finden?

Tischmanieren

Bei dem Genuß von feinen Buchteln,
Muß du da mit den Beinen fuchteln?

Anerbieten

Dieses Mahl mit Wein zu enden,
Hast du da was einzuwenden?
Willst vielleicht statt Weines Keks? –
„Nein, das will ich keineswegs!"

Eheprobleme

Das alte Lied

Ein Vorwurf trifft den Gatten meist:
Er hätte einen matten Geist.
Und so aus allzu lauen Freuden
Entstehen manche Frauenleiden.

Geburtshilfe

Da ist die Wärterin im weißen Kragen.
Nun kannst beruhigt du zu kreißen wagen!

Genug!

Alles treibt dieses Weib auf die Spitze.
Jetzt ist es genug. Ich speib' auf die Witze!

Familienglück

Mir scheint das Leben häßlich grau,
Wenn ich mein Weib nicht gräßlich hau'.
Auch ist's für mich ein schlechter Tag,
Wenn ich nicht meine Töchter schlag'!

Erfreuliches Familienbild*

Der Mann hat auf der Börs' zu tun mit Hopfen,
Sein Weib – meschugge! – kocht ihm Huhn mit Topfen.
Die Wand bemalt sie, ihm zum Hohn, mit Tupfen,
Spielt Flöte und tut jeden Ton mithupfen!

Pflichtgefühl

Obwohl ihr jüngst ein Sohn verschied,
Den Dienst im Bett sie schon versieht,
Damit in lauer Maiennacht
Ihr Gatte einen neuen macht.

Gesundheitsfragen

Winterfreuden

Der Schnee, den du in Flocken siehst,
Mir unten in die Socken fließt.

Der Wiedergenesene

Gestärkt mit einer warmen Millich
Die ganze Welt umarmen will ich!

Ausrede

Es könnte meinem Beine schaden,
Drum will ich nur zum Scheine baden.

Wurzelbehandlung

Ich sehe schon mit Zittern bange
Den Zahnarzt mit der bittern Zange.

Einem Magenkranken

Du solltest dich noch bissel schonen
Und frißt schon eine Schüssel Bohnen!

Heuschnupfen*

Zur Zeit, da Falter an den Wiesen naschen,
Und Blumen duften aus den Vasen-Nischen,
Muß, wer allergisch, oft die Nasen wischen
Und Taschentücher, feucht vom Niesen, waschen.

Misstrauisch

Was soll mir so ein gelber Sud?
Mein Magen wird von selber gut.

Üble Laune

Mich ärgert so mein schlechter Magen,
Daß ich euch alle möcht' erschlagen.
Ihr seid mir wie die Laus verhaßt,
Drum macht, daß ihr mein Haus verlaßt!

Der Patient*

Hinweg möcht' ich die Ärzte lieber fegen,
Die von Genesung mir seit Feber lügen!
Dann wird sich meiner Galle Fieber legen
Und auch die widerspenst'ge Leber fügen.

Lebensabend

Erste Anzeichen*

Des Abends hab' ich noch beim Wein gelacht,
Dann aber traurig und allein gewacht,
Bis endlich doch die Nacht, die lange, weicht
Und Morgenluft spielt um die Wange leicht.

Kränkelnder Ohm

Warum trinkt Onkel Walter Eibisch?
Nun ja, er wird im Alter weibisch.

Schwer getroffen

Vergebens sucht er, seit der Schlag ihn traf,
Ein sichres Mittel, das ihn trag' in Schlaf.

Im Ruhestand*

Einst lieferte uns Mehle, Eier,
Gewürz und feinste Öle Meier,
Damals lief manche Meile er,
Heut hat er keine Eile mehr.

Epitaph

Der Mann, der hinter diesem Gitter ruht,
War arm und hatte – ach! – kein Rittergut.
Doch dringt, mag's Gutes oder Arges sein,
Nichts in die heil'ge Ruh des Sarges ein.
Auch du wirst einst nach diesem schweren Leben
Als abgeschiedner Geist im Leeren schweben!

De l'Amour

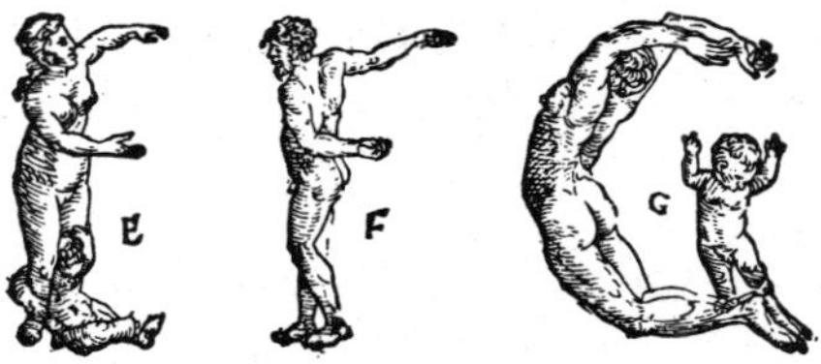

Kampf der Geschlechter

Unverbesserlich

Man konnte schon in Jugendtagen
Mich mit dem Worte „Tugend“ jagen!

Septemberstimmung

Nach dir fühlt’ ich noch im August Verlangen,
Doch heute ist mir schon die Lust vergangen.

Anonymer Brief

Du glaubst, dir ist die Lotte treu?
Das ist die ärgste Trottelei!

Die Unbefriedigte

Ich leb’ in schweren Kümmernissen,
Denn mein Gemahl kann nimmer küssen.

Deplacierte Ehrlichkeit

Mit ihr hab’ ich viel Stunden leer verschwätzt,
Doch sag’ ich’s ihr, so ist sie schwer verletzt.

Frommer Ausgleich

Jeden Sonntag singt die Meine Choral,
In der Woche kennt sie keine Moral.

Keine Komplimente

Sie sind ein Debakel, deine
Windverdrahten Dackelbeine!

Hier dieses Mädchens Wadenform
Gemahnt an einen Fadenworm.

Du bist und bleibst ein Mauerblümchen.
Wär’ auch dein Aug’ noch blauer, Mühmchen.

Peinlich

Oft wird des Flirtens nette Phase
Gestört durch eine fette Nase.

USA – strichweise

Im Regen stehn die Straßennymphen
Und zittern in den nassen Strümpfen.
Dort spreizt ein Mädchen voller Duft sich –
Was kostet sie? Zwei Dollar fuffzich.

Geschmacksverirrung

Warum sie alle für die Vera schwärmen?
Ich kann mich für das Weib nur schwer erwärmen!

Der Geniesser

Nur einer Lust will stets ich frönen: Schauen
Natur und Kunst, vereint in schönen Frauen!

Tugend hat keine Jugend

Verwelkt ist ihre müde Pracht,
Das ist's, was sie so prüde macht.

Rhabarber

Im weißen Schleier, unter Myrthen fahl,
So heiratet sie heut zum viertenmal
Und hast du auf des Volks Gebrumm geacht',
So weißt du: Drei hast sie schon umgebracht.

Schade!

Das Mädchen mit dem schicken Duft
Vermählte sich dem dicken Schuft.

Belästigung

Wenn nachts ich auf der Stiege flirt',
Mich oftmals eine Fliege stört.
Es fördert die Ekstase nicht,
Wenn sie mich in die Nase sticht.

Leicht dialektgefärbt

Das Dirndl

I hab' schon so viel Männer 'küßt –
Wann i an jeden kenna müßt!

Rendezvous

Was ist's mit dir, du stierer Hund?
Auf dich wart' ich schon hier a Stund!

Verbrechen aus Liebe

Nur wegen dieser schiachen Katz
Vergriff er sich am Kirchenschatz!

Entwicklung

Das Muster eines Eh'manns schien er –
Doch heut sag' ich ihm: Schäman S' Ihna!

Nachtleben

Im Nachtlokal, wo geile Schlemmer gaffen,
Da bleib' ich länger nicht – komm, gemma schlafen!

Etikette

Selbst im tiefsten Kaukasus
Gibt man einer Sau ka Kuß.

Moderne Ehe

Mein Lieber, ohne Dritten sama
Zuwenig für ein Sittendrama.

Alles vierfach

Präraffaelitinnen

Da ich zur Jause grad den Tee misch', nahten
Zwei Mädchen sich, die sehr anämisch taten.
Wie wär's, wenn diese beiden tamisch netten
Geschöpfe etwas mehr dynamisch täten?

Geplänkel

Daß es nicht leicht, den Weg zu ihr zu bahnen,
Begann der Jüngling schon beim Bier zu ahnen.
Er sprach: „Ich passe wunderbar zu Ihnen."
„Ja", sagt sie schnippisch, „wie ein Aar zu Bienen!"

Mörderin aus Eifersucht

Der Geld mit Ölen, Fetten, Kitten rafft
Und gern nach schönen Señoriten gafft –
Als ihr zum Telephon den Gatten rieft,
Tat ich ihm in die Suppe Rattengift!

Impotenz

Zumeist kriegt keine Kinder man,
Wenn der Gemahl schon minder kann.
Zu ihm drum sprach Amanda kühn:
„Soll einer sich, der's kann, da mühn!"

Niedere Geburt

Hörst du's unten reißen, kratzen?
Tief im Keller kreißen Ratzen.
Dank der Weibchen krassen Reizen
Sich auch dort die Rassen kreuzen.

Ländliche Tragödie

Das Töchterchen vom Ziegenwart –
Der Kutscher, der den Wagen ziert –
Bald wird sie etwas wiegen zart.
Ob sie da nicht verzagen wird?

Anspruchsvoll

Wenn du was mit der Lucy hast,
Sich schenken einen Hut sie laßt.
Auf Schnitzel mit Salat sie hust',
Doch auf Champagner hat sie Lust.

Werbung

Das Mädchen bei der Leuchte saß,
Wo sie das Buch, das seichte, las.
„Darf ich?" so fragt' ich sachte leis.
Worauf sie schelmisch lachte: „Sei's!"

Rezept

Ich kitzle ihre Sinne wo,
Und das versetzt in Wonne sie.
So hell strahlt nicht die Sonne, wie
Das Weib, das ich gewinne so!

Trost

Die Trennung hast du schon beim Wein geahnt,
Und mich voll Trauer darum angeweint.
Beruhigend hab' ich darauf eingewandt:
„Wir werden wieder irgendwann geeint!"

Reiterkünste

Zu sich aufs Pferd die Maid riß der
Tolldreiste, schneidige Rittmeister.
Durch seine Kühnheit mitreißt er,
Drum sprach sie nur: „All right, Mister!"

Der Wüstling

Wenn ich die Maid allein im Laden weiß,
Schon tast' ich mich an ihre Waden leis',
Auch ihre Schenkel müssen leiden was,
Und wo ich sonst die Hand noch weiden lass'!

Nach dem Heurigen

Wie töricht ist der beiden Wahn!
Er trank mit ihr in Baden Wein
Und hüpft auf grüner Weidenbahn
Einher mit krummem Wadenbein.

Vier- und zweibeinig

Statt daß man sie im sichern Koben halt'
(Ein Brauch, der längst als aufgehoben galt),
Gehn Schweine frei herum. Sie haben Gold
Und machen Schöne sich durch Gaben hold.

Parfum der Liebe

Mir ist's, wenn an der Dos' ich riech',
(Sie kaufte in Paris ich doch),
Als ob zum Paradies ich roch,
Und träumend seh' ich rosig DICH!

Späte Einsicht

Wie gern ich sie um ein Stück Torte bät'
Und küssen ihres Hemdes Borte tät' –
Zu spät! Nun ist die Heißentbehrte tot,
Den Sarg entführt das schwarzgeteerte Boot.

Impressionen aus aller Welt

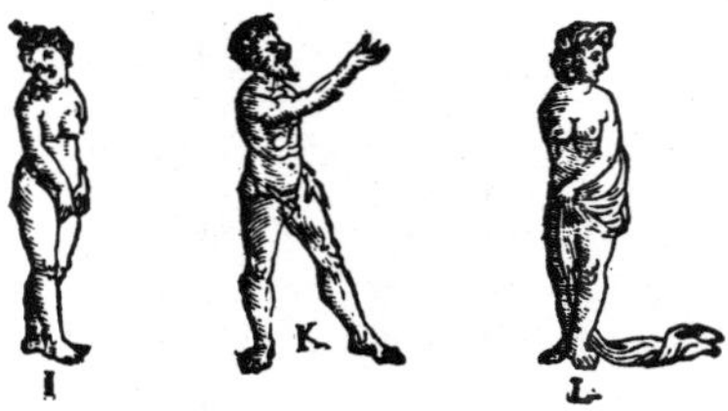

Von nah . . .

Wiener Schule*

Ein Schnei'n hüllt ein gleich weißen Seiden Wien,
Ich träum' mit trübem Trauerweidensinn:
Möcht' im Hotel jetzt auf der Wieden sein
Und küssend schlürfen aus dem Süden Wein!

Warum?

Einem Mutigen bangt selten –
Warum graut dir vor Sankt Pölten?

Tiroler Gebirgsbauer*

Im Juli gern geerntet hätt' er Weizen,
Schon wollte er die Sensen heiter wetzen,
Zur Arbeit schon die Schnitter weiterhetzen –
Nun muß er bei dem kalten Wetter heizen!

Ein Türke in Tirol

Hier der Eunuch, der hodenlose,
Was trägt er eine Lederhose?

Aus dem dunklen Erdteil*

Die Kongoneger essen weder Fisch,
Noch machen sie aus Straußgefieder Wäsch',
Der Häuptling trägt nur einen Federwisch,
Das findet seine Gattin wieder fesch!

Der Naturforscher

Für ihre Hilf' beim Krokodilenfang
Sag' ich den Eingebornen: Vielen Dank!

Berufstreue

Der einst die Hottentotten schor,
Ist jetzt Friseur am Schottentor.

Aus Peru*

Ins Land der Lamas kam ein Lamapriester,
Am Tag Vorträge über Brahma liest er,
Doch nachts auf einer Farm bei Lima praßt er . . .
Der Lama treibt mit Lamas prima Laster!

Touristentragödie

Der Gast verfolgte bis aufs Schiffsdeck
Die Fliege, die ihm schiß aufs Beefsteak,
Worauf er laut und höchst erbost rief:
„Ich will ein unbekacktes Roastbeef!"

Tyrannei*

Kalifen gibt's, die im Seraile zechen
Und sich für jede offne Zeile rächen.
Sie lassen – dies das generelle Zeichen –
Dem Gegner Gift in düstrer Zelle reichen.

Unter Sommerfrischlern
Unter besonderer Berücksichtigung des Salzkammergutes

Im Strandbad
Schon wieder so ein Mückenstich –
Die Bestien zerstücken mich!

Ästhetik
Willst du, daß ich dir trocken sage,
Warum ich kurze Socken trage?
Weil besser es im Bade wirkt,
Wenn man nicht seine Wade birgt.
Auch ist das keine wahre Haxen,
Auf welcher keine Haare wachsen.

Pension „Waldfrieden"
Is das wohr, Irma,
Ihr habts Ohrwürmer?

. . . du gehst so stille
Der gute Mond! In jeder Phas' glänzt er
Bezaubernd durch die bunten Glasfenster.

Heimatkunde
Man staunt, daß Gottes Schöpferkraft
In Hallstatt so viel Kröpf' erschafft!

Der Kilometerfresser
Wo's gestaubt hat,
Das war die Hauptstadt.

Esplanade in Ischl
Was will der Mann, weswegen red't er?
Er schimpft halt auf das Regenwetter!

Rätselhaft
Man fragt sich, was in Mitterweißenbach
Die Gelsen vorm Gewitter beißen mach'.

Ausblick vom Seehotel
Was wohl dieser tolle Jud
Unten in der Jolle tut?

Alpinistik*
Den Klettrer kühnes Überwinden ehrt,
Doch wenn im Sturm er in den Wänden irrt,
Versenkt er wohl zu spät sich in den Wert
Des Lebens, das für ihn bald enden wird.

Routine
Die erfahrenen Sportler, die alten,
Vermeiden am Ortler die Spalten.

Aus Karlsbad*
Wo manchen das sprudelnde Wasser geheilt,
Hab' ich, aller Krankheiten Hasser, geweilt.
Und siehe, des Mühlbrunnens weißer Gehalt
Bekämpfte mein Übel mit heißer Gewalt!

Vor dem Gewitter*
O wären wir doch weiter, Liese,
Wo sich ein Blitzableiter wiese!
Es naht sich ein Gewitter leise –
Bald gießt es hektoliterweise!

Während des Gewitters

Am besten sitzt man bei dem Blitzwetter
Still im Kaffeehaus und liest Witzblätter.

Deutsche Sprachinsel*

Ihr wackern Spießer dort in Mähren-Ost,
Die ihr am Stammtisch brav beim „Mohren“ eßt,
Wenn ihr die Länge eurer Ohren meßt,
Spendiert dem Sieger einen Ehrenmost!

Spuk*

Im Kloster, das Sankt Gallen heißt,
Spukt jede Nacht ein Hallengeist.
Hörst du von fern ihn heulen, Gast,
Spann ein, was du an Gäulen hast!

Aus Sachsen*

Ein Landwirt war in Meißen Gast,
Er lernte dort die Geißenmast.
Doch stört ihn auf den Gassen meist
Der Sachsen öder Massengeist.

Misstrauen

Italien ist ein schönes Weinland,
Doch ich bezieh’ dort lieber Leinwand.
Man weiß ja, daß die feinen Welschen
Die meisten von den Weinen fälschen.

Unbewiesene Theorie

Vollschlank gefällt den Pragern meist,
In Brünn man mehr die Magern preist.

Wagemutig

Zum Vesuv ging ’ne Bratislavaer Gojte,
Damit sie dort gratis Lava erbeute.

Schutzhütte

Eingehüllt in schnöden Barchent
Lag man auf den Böden schnarchend.

Ratschlag

Man meide es vor dem Gewitter besser,
Zu trinken allzu starke Bitterwässer.
Beim Blitzschlag – oder wie die Chose heißt –
Vor Schreck man leicht in seine Hose sch——!

Im Sand

Vergebens späh' ich rings und lechz',
Nur öde Wüste links und rechts!

Peinliches Erlebnis*

Da still ich meine Fährte zieh',
Müd wie das abgezehrte Vieh,
Kommt plötzlich die gezierte Fee
Und tritt mir auf die vierte Zeh'!

Vergleichende Geographie

An Länge gleicht die Theiß der Weichsel.
Ob auch an Schönheit? Weiß der Teixel!

Neugier*

Ich reit' vorbei auf meinem schlichten Rössel
An einem reizend eingericht'ten Schlössel.
Hätt' ich zum Eingang nur den rechten Schlüssel –
Wie gern steckt' ich hinein den schlechten Rüssel!

Aus dem Tierreich

Zoologischer Unterricht

Der Hahn hat einen Hahnenkamm,
Die Hennen aber kanen ham.

Tierschutz*

So wie ein Zahn, den man als schief erkennt,
Durch Häßlichkeit den ganzen Kiefer schänd't,
So häßlich wirkt's am schönen Schäferkind,
Wenn's Schmetterlinge quält und Käfer schind't.

Im Käfig*

Da weise wie ein Großpapa er schaut,
Denkt still der Papagei im Bauer: Schad',
Mein Haus ist schön, wie für den Schah erbaut,
Nur leider gibt es drin kein Schauerbad!

Der Elefant*

Im Dschungel friedlich streift der Elefant,
Der nicht in seinem dicken Felle ahnt,
Daß er den Tod dereinst wie alle fänd'
Und traurig in des Jägers Falle end'.

Zustände in Kamerun

fünffach

Ochs ochst, Stier stiert, Kalb kalbt in Kamerun.
Sollt' nicht die Kuh voll Milch und Rahme – kuhn?
Stolz einst verließ die kühne Kuh Meran,
Fuhr zum Äquator sich zum Ruhme Kahn
Und kam in Kamerun voll Kummer an.

Kurze Fahrt

Ein Mücklein wollte Reisen machen,
Da flog's in einen Meisenrachen.

Aus der Natur
Alles vierfach

Morgenstimmung
Wie die Natur auf allen Seiten wacht,
Wenn erst der Nebel von den Saaten weicht!
Der Fluß, so klar, scheint zum Durchwaten seicht,
Und silbern strömt er in die Weiten sacht.

Notturno
Vom Himmel strahlt bewundert, nie belacht,
Des großen Wagens goldne Nabe licht.
Nun senke dich hernieder, liebe Nacht!
Versag mir deine süße Labe nicht!

Alpine Landschaft
Still liegt der blumenübernickte Rasen,
Die Berge dräun herab wie nackte Riesen,
Durch ihrer Felsen vorgerückte Nasen
Hört man des Wildbachs Katarakte niesen.

Traurige Meise
Hernieder lächelnd blickt der weise Mond
Aufs Tannenwäldchen, drin die Meise wohnt.
Wen ficht es an, daß sie im Moose weint –
Sie traure, wo se will und wo se meint!

43 Grad im Schatten
Bringt Sommerszeit in scharfen Wellen Hitze,
Dann ist's vorbei mit meinem hellen Witze,
Da ich mich tags mit mattem Willen hetze
Und nächtlich unter feuchten Hüllen wetze.

Zauberwald

Der Märchenwald ist mir ans Herz gewachsen!
Erfüllt von sonderbaren Harzgewächsen
Zeigt Formen er, grotesk wie warz'ge Hexen
Und Zwerge, spreizend krumm einwärts'ge Haxen.

Die Bergfee

Die Bergfee singt im heil'gen Eichenwald
So schön des Nachts mit ihrem weichen Alt,
Daß selbst das Wasser in den Achen weilt
Und die Natur nicht zu erwachen eilt.

Spätherbst

Die Felder stehn voll schmutzigweißer Lachen,
Die Weiden grinsen fahl wie Wasserleichen,
Und doch wird einst der Frühling leis' erwachen –
Schmilzt dann der Schnee, auch dein Herz laß
erweichen.

Ländliches Bild

Im Feld, wo die Fasanenhähne locken –
Dicht wuchernd bildet die Melone Hecken –,
Dort seht die alte tolle Lene hocken
Und ihren dürren Mund zum Hohne lecken!

Abhärtung

Im Frühling, wenn der Schnee am Bach taut,
Ihr Nest die Schwalbe unterm Dach baut,
Da ging ich gern ins kühle Tauchbad,
Wie weh mir auch danach mein Bauch tat.

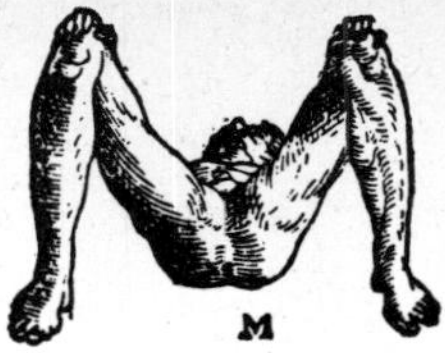

Im Reich der Künste

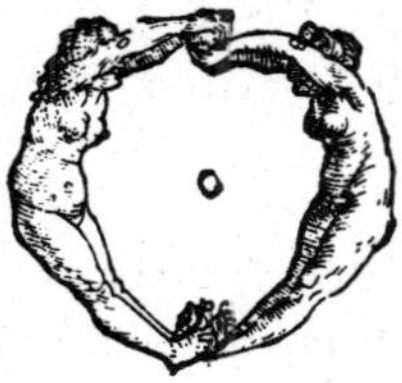

Musik

Butterfly im Alltag

Die Nachbarin bleibt ungeliebt,
Die allzuviel die Lunge übt.
Wenn sie gar Butterfly versucht,
Schreit jeder gleich: Sie sei verflucht!

Musikalisch?

Sie achtet nicht der Notenregeln
Und klimpert nur mit roten Nägeln!

Wohltätigkeitskonzert

Es läßt das Ohr von Philanthropen
Sich leicht mit ein paar Trillern foppen.

Aufreizend

Die Dissonanz verschärfen Nonen –
Das heißt wohl nicht die Nerven schonen!

Der Virtuose

Du spielst mit solcher Gier Dezimen,
Als würden sie nur dir geziemen!

Im Frühling*

Schon war der uns von Gott verliehne Mai da,
Da sah ich Fräulein Wilhelmine, leider.
Sie hängt im Garten auf der Leine Mieder
Und trällert: „Leise flehen meine Lieder . . .“

Auf der Akademie

Zusammen hält die Meisterklasse
Wie eine zähe Kleistermasse.

Böhmischer Klarinettist
Blas' ich die G-Dur-Barkarole,
So spielt mir B-Dur gar ka Rolle.

Provinzgagen
Was hier die Leute Honorare heißen –
Man möchte sich vor Wut die Haare reißen!

Der Gastdirigent
Glaubst du, daß ich mir was erspar' auf Reisen?
Drauf geht mein ganzes Honorar auf Speisen.
Dabei trink' ich auf der Tournee
Nur Tee.

Unmusikalisch
Die Würmer von den Toten naschen,
Doch sie verschmähen Notentaschen.

Unbelehrbar*
Von dem Gebrüll läßt nie der Leu,
Ihm sind die sanften Lieder neu.
Da ihm sein Ohr kein Neider lieh,
Erlernt er sie auch leider nie.

Beim Musikalienhändler
Ich dachte, hier fänd' ich
Beethoven vierhändig!

Mignon
An dein Herz ich leise rühre:
Schenk mir tausend Reiselire!

Dergl. und diesbez.

Ein Musiker wohnt auf dem Dachshundbergl
Und klimpert täglich Fugen Bachs und dergl.
Gefragt, ob er dabei gedachte Lisbeths,
Schüttelt' er nur den Kopf und lachte diesbez.

Wolfgang A. Mozart

Auf süße Töne Mozart sinnt,
Weil er Konstanzen so zart minnt.

Joseph Haydn

Ein heitrer Geist in Haydn lebt,
Der uns aus allen Leiden hebt.

Gustav Mahler

Auf große Dinge Mahler sann –
Ein höchst universaler Mann!

Franz Lehár

Du schriebst zuweilen argen Mist, Franz!
Doch weil's von Lehár ist, so frißt man's.

Laut Vorlage*

Wenn du ihm Glucks „Armida" leihst,
Dann schreibt er gute Lieder meist,
Doch unbedingt vermeid' er Liszt,
Sonst komponiert er leider Mist!

Johann Strauss

Selbst Strauß, der große Walzerkönig,
Schrieb, wenn es ihm zu kalt, sehr wenig.

Carmen, 2. Akt*

Trink nicht mit den Soldaten Bier,
Komm mit in die Banditen-Bar!
Dort werden Akrobaten dir
Die tollsten Tänze bieten dar.

Sängerinnen

Mit Schmerzen du erfährst es, ach!
Singt die Rivalin erstes Fach.

Der Wiener Tannhäuser

An einem Hof, bekannt ob strenger Sitten,
Ums Thema „Liebe" ein paar Sänger stritten.
Und ein Tenor singt voll Tannheiserkeit
(Er tauschert stolz mit keinem Kaiser heut).
Er schwärmt von einem Puff, dem Hörselberge,
Wo's immer fesch bei vollem Börsel hergeh',
Wo eine Göttin, schön und gülden, Venus
Ihm jüngst verhalf zu einem wülden Genuß.
Die Ritter schrein voll Neid und Grimme:
„Stechts 'n!"
„Zurück!" hört man da Lieserls Stimme krächzen.
„Den Wüstling, der gefrönt des Lebens Wünschen,
Wollts ihr im Beisein eines Weibes lynchen?
Vergebung gibt's in Rom für feine Sünden,
Dort wird s' mein Heinzi auch für seine finden!"
Drauf zieht er hin nach Rom mit bloßen Füßen,
Die Tränen, die um ihn geflossen, büßen.
Auf dem Balkon schon zeigt sich grad der Papst,
Als ihm den Pilgerstab ein Pater grapst!
Da wird ihm gleich die ganze Reu und Buß fad,
Er fährt nach Haus und nimmt ein warmes Fußbad.

Wagneriana

Die vor sich hinbrüllt,
Das ist die Brünnhild.

Wenn ihr ärgern tut den Wotan,
Droht er euch voll Wut den Tod an.

Durch des Feuerzaubers beizenden Rauch
Sieht man noch Brünnhildens reizenden Bauch.

Bitte, wohnt hier der singende Drache?
Ich hätte für ihn eine dringende Sache.

Du fragst, was mich an Mime stör'?
Der Mann hat keine Stimme mehr!

Der habgierige Tenor

Jüngst sagt' mir auf dem Gange Stolzing,
Daß er nur für 'ne Stange Gold sing'!

Friederike*

Wer doch das Rechte mir, ihr Götter, riete!
O helfet mir in eurer Rettergüte!
Es färbt die Wangen hinterm Gitter Röte –
Vorbei geht ja mein teurer Ritter Goethe!

Verkürzter Faust

Der Erdgeist war in die Lüfte vergangen,
Und Faust trug nur nach dem Gifte Verlangen,

Da plötzlich in seiner Klosterenge
Erfreuten ihn liebliche Osterklänge.

Am Spinnrad sich das Fädchen kraust:
Zu heftig schon liebt Gretchen Faust . . .

Zuletzt vor düstrer Kerkerwand
Hat sie des Satans Werk erkannt.

Drum spricht ein wahrer Edelmann
Am Kirchplatz nie ein Mädel an.

Wer reitet so spät . . .

Nur Kindern droht der Spuk des Erlkönigs,
Erwachsenen tut dieser Kerl eh nix!

Der Drachentöter

Mit all dem Geheul, mit dem Dampf, mit dem Krachen,
Siegreich bestand ich den Kampf mit dem Drachen!
Zu töten das Tier meinen Stichen gelang,
Doch nachher gab's fürchterlichen Gestank.

Tell im Sturm*

Ein Ruderschifflein, scharf gekielt, er wand
Durch Wogen, die gepeitscht ein kalter Wind.
Da er die Brandung als zu wild erkannt,
Fuhr er schnell heim mit seinem Walter-Kind.

Der Taucher

Schon wollte das Herz dem Versinkenden stocken,
Rings wimmelte es von den spitzigsten Haien,
Da retteten ihn seine stinkenden Socken,
Sie machten auch die Hitzigsten speien!

Kompliziertes Gepäck*

Schick's per Boten oder schick's per
Post, doch sorglich wohl verpick's, cher
Frère, der Inhalt des Gepäcks, schier
Unersetzlich, ist von Shakespeare!

Desdemona*

Du schiltst mich ein verbuhltes Modetier
Und drohst blindwütend mit dem Tode mir.
Was soll die wilde Attitüde, Mohr?
Wirst du der Eifersucht nicht müde, Tor?

Tausendundeine Nacht*

Hier Drachenbrut gleich tollen Hunden bellt –
Dort eine Fee mit zarten Händen buhlt –
O Buch, das magisch mich gebunden hält,
Wie strahlt aus deinen alten Bänden Huld!

Nestroys Knieriem

Gestirne trunken in Ellipsen schweben –
Soll da der Mensch nicht auch in Schwipsen leben?

Nervöser Schauspieler*

An Wirkung überbot er Dusen,
Doch wenn sein Weib ihn tut erbosen,
Dann wirft er ganze Butterdosen
An ihren weichen Dotterbusen!

Idyll à la Morgenstern

Gewunden fließt der Bach und krumm,
Und froh sieht man's im Rasen hupfen,
Da schießt der Jäger . . . krach und bumm . . .
Sein Weib kann abends Hasen rupfen.

Zwar sie (die nebstbei Mina heißt)
Rupft Enten nur und Hühner meist,
Doch, mag sie insgeheim auch rasen,
Sie rupft, verlangt's der Reim, auch Hasen.

So wird selbst in der Küch' der Dunst
Poetisch durch der Dichter Kunst!

Bambi oder Mutzenbacher?

Dem Herrn dankt unsrer Hände selig's Falten
Dafür, daß er uns schuf den Felix Salten.

Fromme Lektüre*

Ich les', da ich im Gras zum Sonnen lieg',
Von David, der mit schlauen Sinnen log,
Von Saul, der Milch von Eselinnen sog,
Und von assyrischer Kolonnen Sieg.

Der Dichter*

Du lagst in tiefem Schlaf, so dachten wir,
Doch holde Phantasien erwachten dir.
Was da gelungen dir zu dichten war,
Bringst gnädig du uns armen Wichten dar.

Flucht in die Religion*

Der Denker, der sich lang die Stirn hält
Und kühn Probleme seinem Hirn stellt,
Wenn tief in Nebel sich der Stern hüllt,
Den Durst am Glaubensquell des Herrn stillt.

Bildende Kunst

Böcklin*

Im Zimmer hängen vier Gemäld',
Jedoch nur eines mir gefällt:
Drauf führt ein dunkler Ferge mild
Die Toten übers Meergefild.

Heraldik*

Man stellt den Leu, das brave Wappentier,
Im Stand, im Sitz, im Sprung, im Wippen dar,
Doch was der Sinn all dieser Typen war,
Darüber ganz im dunkeln tappen wir.

Goya in Geldnöten*

Ein Wuchrer stand vor Goya feist,
Geballt die krummen Geierfäust',
Doch in sein Konterfei er geußt
Verachtung jener Feuergeist.

Nächtliche Malerei*

Ein Maler wohnt im Orte Mittenwald.
Am Tag verkauft er nur Krawatten mild,
Doch nachts er bärt'ge Moskowiten malt,
Die galoppieren über Matten wild.

Filmphilosophie*

Das Kino hat folgenden dringenden Zweck:
Daß ein Mann die Billets der Drängenden zwick',
Daß man sich in die Reihen, die zwängenden, drück',
Und dann sieht auf der Leinwand bezwingenden
Dreck!

Vision à la Disney*

Im Traumland tragen junge Hasen Roben,
Man sieht in Frack und langen Hosen Raben,
Wenn sie zum Tanz das Bein im Rasen hoben,
Was mochten da für Spaß die Rosen haben!

Der Porträtist

Soll ich dein Bild schön wie Achill gestalten,
So heißt es wohl vor allem: Stillgehalten!
Voll Flecken wird und voll ovalen Makeln
Dein Angesicht, tust du beim Malen wackeln.

Zur Geschichte der Menschheit

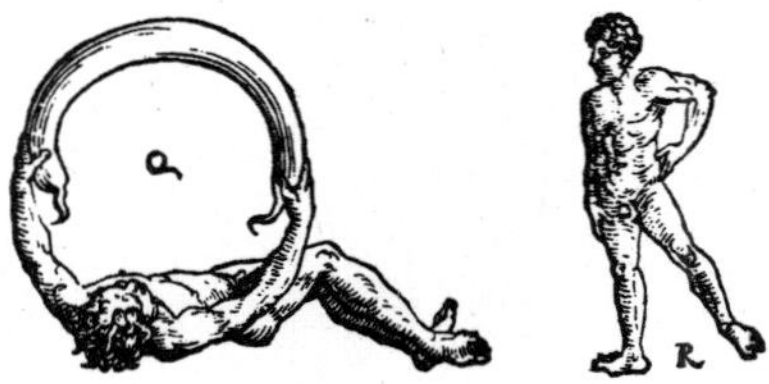

Der erste Sportbericht

Im Himmel traf ein Kabel ein:
„Knockout schlug ich den Abel. Kain."

Mythologische Momentaufnahme*

An dem Felsen Weiber lehnen,
Eingehüllt in Weberleinen,
Die Prometheus' Leib erwähnen
Und um seine Leber weinen.

Neuheidentum*

Odin steigt in die Eisenbahn
Mit allen seinen Basen ein,
Da fängt ihn was zu beißen an,
Drum kratzt er still sein Asenbein.

Paris zu Helena

Ich lass' dich nicht alleene, Maus,
Sonst geht es mir wie Menelaus!

Quo Vadis (64 n. Chr.)

Mit den Bekennern neuer Lehren
Ließ Nero manchen Leu ernähren.

Die Hetäre (500 v. Chr.)*

Der Männer viel besaßen mich
Und zu begehr'n vermaßen sich,
Daß ich aus einer miesen Sach'
Ihr Leben zu 'ner süßen mach'.

Der Neophyt (A. D. 400)*

Der Jüngling sieht des Klosters Gitterfenster,
Der Mönche Zahl als Neophyt ergänzt er.
Da blicken die verlass'nen Götter finster . . .
Um Tempeltrümmer wuchert fetter Ginster . . .

Columbus (1492)*

Matrosen, welch ein Glück, ich sichte Land!
Es nahn die Inseln und der lichte Sand,
Schon treibt uns hin die Brise sachte, lind –
Die man als Phantasien verlachte, *sind!*

Der Landsknecht (um 1520)*

Ich frag', im Dienste wessen reit' ich,
Wem meine Interessen weiht' ich?
Das Blei wird mich zerreißen, wett' ich,
Drum schnell noch Bier und weißen Rettich!

Augsburger Konfession (um 1530)*

Das ist mein Glaube nicht, sprach Luther fest,
Ein Glaube, der auf starrer Letter fußt
Und der zu Völlerei und fetter Lust
Den Pfaffen stets das beste Futter läßt!

Geheimbericht (1687)

Die Venezianer baun Fregatten,
Wenn sie nicht grade ihre Fraun begatten.

Don Carlos' Jugendstreich*

Unerhörte Finten das!
Gießt der Kerl ein Tintenfaß
Über alter Tanten Füß'!
Schickt sich für Infanten dies?

Marie Antoinette (1793)
Schon zeigt die niedre Brut Gelüste
Zu schleppen mich aufs Blutgerüste.

Die Zarinmutter spricht*
Du wirst einst Großfürst, wirst Wojwode sein,
Dich mancher Liebesepisode weihn,
Sei froh und stolz, in Pracht und Seide wohn,
Den Blick an Frauenschönheit weide, Sohn!

Der gefrässige Korse
Napoleon, nach der Schlacht von Wagram,
Aß Himbeereis, umwacht von Schlagrahm.

Heeresberichte*
Statt zu gestehn, die Sorge nage sie,
Erklären sie die großen Siege nah,
Doch wie man oft schon zur Genüge sah,
Verwirklicht sich solch kühne Sage nie!

GI in Germany
An Wotans Wunderesche
Hängt er die Unterwäsche!

Hochmut vor dem Fall
Manch eitle Größe geht voll Stolze 'rum,
Paar Tage drauf: am Boden rollt se stumm.
Dämonisch schreitet fort die Weltgeschichte,
Zerschmettert Massen und zerschellt Gewichte.

Baisse in Religion*

Wär' noch der Glaube bei den Massen echt,
Gäb' manche mehr auf heil'ge Messen acht,
Die heut sich viel aus Putz und Essen macht
Und gern ein Bridgeblatt mit vier Assen möcht'!

Devisenausgleich*

Ob uns der Papst, der weise Christ,
Den Ausweg aus der Krise weist,
Die, wie ihr rings im Kreise wißt,
Um manches Lands Devise kreist?

Im Ruhestand

Napoleon, als er auf Elba saß,
Fing einen Fisch, den er dann selber aß.

s

ISRAELITISCHES

T

V

Schönheitskonkurrenz
Vom Kopfe bis zum Haxel sieß
War eine Maid, die Sachsel hieß.

Affekthandlung
So sehr ward ihm vor all den Schmonzes mies,
Daß er sich in die Flut des Mondsees schmiß.

Auf der Alm ...
Der Zenzi ward ein Sohn verkündigt –
Mir scheint, da hat sich Kohn versündigt!

Klabrias-Partie
Was geht das an Sie miesen Vogel,
Wenn ich mit Händ' und Füßen mogel?!

Deplaciert
Ein Jud, der eine Gojte liebt –
Nein, was es doch für Leute gibt!

Dies ist eine Kirche
Die Herrn, die auf den Kopf die Hüte gaben,
Woll'n abzunehmen sie die Güte haben!

Garderobenproblem
Wenn ich in die Bäder fohr',
Brauch' ich eine Federboa!

Unanbringlich
Der Vater unter Zähren schwor es,
Es wär' für ihn ein wahrer Segen,
Hätt' er nicht seine schweren Zores
Der unbetamten Sarah wegen.

SPÄTE REUE*

Es starb der Nestor der Sensale, Kohn.
Am Grab rauft sich den Bart der kahle Sohn,
Der stets nur aufs Geschäft mit Kohle sann
Und hatschen nur mit schiefer Sohle kann.

SEHNSUCHT

Ich liege am Ufer der schäumenden Traun
Und will in die Wolken, die träumenden, schaun.
Ich dehne mich und liege flach
Und wünsch', mir wüchsen Fliegelach . . .

GANZ WIE ZU HAUSE

Was für ein Gejüdel in Kammer am See?
Samer am Kai?

BEIDE KINDER SIND VERKÜHLT

Der Doktor schrieb es schwarz auf weiß:
Nehmts Aspirin und warts auf Schweiß!

ALBDRUCK

In der bösen Träume Schlaf
Gestern ich den Schlojme traf.

EILE MIT WEILE

Zu zahlen für die Werke Grabbes schad is –
Vielleicht kriegst du sie schon am Schabbes gratis.

OPERETTE

Was einstmals war des Ghettos Brut,
Verdient heut an Librettos gut.

DER FROMME ANGLER

Grad zog er aus der Ebbe Rest
Den Fisch, den heut der Rebbe eßt.

Gewohnheit

Schon seit der grauen Vorzeit jaiern
Die Juden, wenn sie Johrzeit feiern.

Wirre Vision*

Im fernen Märchenreich der Sonnen-Nebel,
Dort ragen Leutnants Schleier, Nonnen Säbel.
Auch gibt's Bankiers dort, die sich nennen Sobel.
Sie haben sehr viel Geld und sennen nobel.

Zuwachs im Kibbuz

Zum Arbeiten im Heue nemmt
Man doch nicht grad das neue Hemd!

Der Emigrant*

Nach Tel Aviv ich walle kühn,
Was nur ein starker Wille kann.
Verlass' mit meiner Kalle Wien –
Schon schreit die ganze Kille: „Wann?!"

Assimiliert in Südamerika

Herr Pollak trägt Chilenentracht –
Ein Bild, bei dem man Tränen lacht.

VERMISCHTES

Sinnsprüche

Sei klug . . .*

Wie sich im Panzer, seiner treuern Haut,
Ein Held zum Kampf mit Ungeheuern traut,
So kämpf auch du und laß das Trauern heut,
Ob auch der Tod mit spitzen Hauern dräut.

. . . und mutig!*

„Held“ ist ein Wort, das Großes will besagen.
Was lehrt die eine kurze Silbe? Wagen!
Den kühnsten Feind trotz stärkstem Wall besiegen,
Nicht Tränklein brauen oder Salbe wiegen!

Stimme von oben

achtfach

Da fern des Bergbachs Sturz vom Wehre hallt,
Ist mir, als spräch’ zu mir der hehre Wald:
Auf edler Tugend stets beharre, Welt!
Wer in des Volks bescheidnem Heere wallt,
Wer sich nicht stutzerhaft die Haare wellt,
Nicht feil den eignen Leib als Ware hält,
Nein, arm doch ehrlich ist – das wäre halt
Vor Gottes Angesicht der wahre Held!

Totentanz

sechsfach

Wenn, Hölle, du dem Tod den Rachen leihst,
Wenn du den Schlund wild auf zum Lachen reißt –
Dann, statt daß er die Hand gelassen reicht,
Vertilgt er Völker, ganze Rassen leicht,
Und Charons Kahn mit einer reichen Last
Trägt Tausende zur ewigen Leichenrast.

Standhaftigkeit*

Und tragen dich des Schicksals Wellen fort –
Wohin mit dir sein blindes Wollen fährt,
Sei treu und halt in allen Fällen Wort!
Erst dann erhebst du dich zum vollen Wert!

Drum prüfe . . .*

Tut auch dem Freiersfuß die Sohle weh –
Verschenk nicht leichthin deine Seele wo!
Wähl sorglich dir dein Weib, und wähle so,
Daß sie auch stets nach deinem Wohle seh!

Polyglott

Noblesse oblige

Frau Schwan legt keine weichen Eier
In Windsors heiligem Eichenweiher.
Sie spricht: „Ich leg' die Eier hart –
That's better style and higher art!"

Heimweh am Hudson

Du fühlst nach Karpfen aus der Donau Gier?
Dann rasch zurück nach Wien! Let's go now, dear!

Postbeschwerde

A letter came from Clinton (Tex.),
Drauf war ein großer Tintenklecks.

Aus der Textilbranche

Ich trag' my coat bei rain und shine,
Und doch ist er noch scheen und rein.

Das Binsenkörblein

The Princess found poor little Moses,
Ein Judenkind, ein mittelloses.

The Fuehrer

Remember him, how loud he cried
When to the stupid crowd he lied!

Thwarted Escape

On Tuesday hoped the gent to sail
On Monday he was sent to jail.

Cold Blooded

When the earthquake shock a tower
I didn't mind – I took a shower!

Hypothetical Happiness

If I had your charmes und you had my money
None of us would be so mad, my honey!

Ohne Titel

He never stopped drinking
Until he dropped – stinking!

On the keyboard
Play a B-chord!

You don't mind if I ask my dear
Who got the funny mask-idea?

A bad hobby
had Bobby.

Be in your shopping very careful –
Most of the bookstores carry Werfel!

Deutsch-französische Verständigung

„Wie geht es, altes Haus?"
„No ja, man halt' es aus."
„Et les affaires vont mieux?"
„Ah non, hélas, mon vieux!"

In Paris comme à Vienne

Kauf ein Auto, Putzi, geh –
Vois-tu donc, il coûte si peu!

Antiker Form sich nähernd

Muros albos mater pingit
Loculo quo pater mingit.

Diverses

Der arme Vetter

Zu gehen über Leichen reute
Doch niemals diese reichen Leute!

An die Ärzte

Spielt euch nicht auf als Bekrieger der Sepsis,
Schließlich und endlich doch Sieger der Krebs is!

Elendstragödie

Ein Krüppel und ein Greis sich droschen
Um den Betrag von dreißig Groschen!

Böses Omen

Unheilvoll schwarze Raben krähten nachts,
Das deutet an: in den Moneten kracht's!

Käuflich

Die wildesten Aufreizer schwanken,
Besticht man sie mit Schweizer Franken.

Ländliche Korruption

Hier dieser Korb voll Eier stammt
Aus einem Dorf im Saatengeruch,
Und trag' ich ihn aufs Steueramt,
Bewilligt man mein Ratengesuch.

Die Freundin

Weil mich ein Minister freit,
Merk' ich schon: Dich frißt der Neid!

Herrenmode

Heut trägt jeder Lackl
Schon ein Lederjackl.

Antiwienerisch

Ich möcht' die Haare jener zausen,
Die sitzen bei der „Zehner-Jausen",
Und die da „Gemma, gemma!" leiern,
Würf' ich gern vor den Lämmergeiern!

Das Kalb*

Auf rascher Fahrt ich manche Meile sann:
Wohin führt dort das Kalb am Seile man?
Wird es bestimmt zu meinem Mahle sein?
Nenn' ich's als Gulasch dort im Saale mein?

Selbstgefühl

Und sammel' ich selbst im Haine Moose,
Was kümmern euch denn meine Sachen?
Man lasse mich in meine Hose
Und jeden in die seine machen!

Ins Schwarze

Der Jäger traf den Steiß der Mücke,
Ein Schützenkönigs-Meisterstücke!

Unfall

Er setzte sich aufs Hackebeil,
Jetzt ist ihm keine Backe heil,
Und er muß auf dem wunden Steiß
Den Umschlag wechseln stundenweis'.

Vierfache

Banditen

Wo Winde um den Fels, den steilen, wehn,
Da schleichen sie, die sich dem Stehlen weihn.
Sie hasten, bleiben starr zuweilen stehn –
Als Beute lockt manch ein Juwelenstein!

Zeichen des Verfalls

Schon wird mein Pflug zernagt vom matten Rost,
In meinem Keller saufen Ratten Most,
Mein Speck dient zu der wölf'schen Rotten Mast,
In meinen Möbeln halten Motten Rast!

Der Friseur

Du wünschest, daß ich die Hermine scher',
Schick lieber eine andre Schöne mir!
Denn zu verfilzt ist ihre Mähne schier,
Da hilft auch keine Mähmaschine mehr!

Der Outsider

Warum ich über Weltprognosen lach'?
Ich plappre nicht den Urteilslosen nach,
Die Weisheit klauben aus dem Nasenloch
Und niemals was Gescheites lasen noch!

Allergie

Berührt selbst in der Finsternis er Vasen,
Wo Blumen drin sind, Kinder nasser Wiesen,
Schon muß er schleimig-grünes Wasser niesen –
Das ist die Eigenschaft gewisser Nasen!

Tertiäre Verkalkung

„Macht man denn aus Kalk die Terzen?"
„Nein, man macht aus Talg die Kerzen!"
„Also heißt's: kerziärer Talg?"
„Nein, mein Kind: tertiärer Kalk!"

Molekularphysik

Ich gehe auf die kühle Mole
Und hol' für meine Mühle Kohle.
Wozu brauchst du die Kohle, Mühle?
„Zu mahlen sie in Moleküle."

Versetzte Hirten

Die Maid mit dem verwirrten Haar
Der Liebling aller Hirten war.
Wir sollten auf sie warten hier,
Doch ganz vergebens harrten wir.

Besuch aus dem Weltraum

Ein Marsbewohner landete per Fallschirm
Im Fischteich einer österreichischen Schill-Farm,
Der Presse sagte er mit lautem Schall firm.
„Mich lockte an der Erde Chlorophyll-Charme!"

Arktische Ballade

Der Eskimo hat fahle Wangen,
Seit Wochen gab's – zum Weinen – Aal,
Wie gerne möcht' er Wale fangen!
Da endlich sieht er einen Wal.

Erst gestern sprach sein Arktis-Mädel
Mit Blicken voll Opalen-Schmelz:
„Zeig dich, wenn wieder Markt is, edel
Und kauf mir keinen schmalen Pelz!"

Der Eskimo die Lanze schwang,
Tot sah den Wal er schon zu Füßen,
Doch dem, mit seinem Schwanze lang,
Glückt es noch rasch, davonzuschießen.

Der Eskimo führt leicht das Ruder,
Doch nimmer er erreicht das Luder.
Es schwimmt um die polarsche Ecken
Und denkt: Kannst mich am . . .

Die grosse Menschenfresserballade (1938)

Mein Lied erzählt von fernen, blauen Inseln,
Wo Krokodile in den Auen blinzeln,
Wo man mit schüttelnder Gebärde eben
Vulkane rülpsen sieht, die Erde beben,
Rings Wogen wild im Sturmgerüttel schäumen,
Und die Natur selbst denkt in Schüttelreimen.

Dort sprach ein Häuptling: „Ich, der Weißen Hasser,
Hab' sie nur gern gebrüht im heißen Wasser.
Zwar – plündern, martern und hinrichten lassen
Ist heute beliebt bei Wotans lichten Rassen!
Nach Blut und Mord fühlt jedermann da Gier,
Drum lob ich deutsche Propaganda mir . . ."

Die Insel hatte keine Landungsbrücke,
So barst ein Schiff in einer Brandungslücke,
Und tückisch fingen rasch die Seinen – eh' man
's gedacht – drei Kaufleut' ein und einen Seemann
(Was man jedwedem Rechte trieb zum Hohn)
Und schleppten sie mit Stoß und Hieb zum Thron.

„Herr Häuptling!" schrein die drei. „Wir sennen Jiden,
Wir schmecken schlecht! Tun Sie doch jennen sieden!
Weil nämlich wir ham sozusagen Moire,
Wir machen Ihnen zuviel Magensäure!"

Der Häuptling tat dies nicht für schlimm erachten
Und sprach zum Küchenchef: „Nur immer schlachten!
Als Sprößling von Anthropophagen-Müttern
Will ich mir heut mal recht den Magen füttern.

Hier der Matrose mit den Schiffsdeckbeinen
Will mir ein gar vortrefflich Beefsteak scheinen.
Den Juden, ob er auch mit lautem Flehn kreisch',
Zerhackst du mir auf tadelloses Krenfleisch.
Vom zweiten sollen mich die Wadeln nähren,
Obwohl mir lieber Karbonadeln wären.
Den dritten aber mach als Fricandeau –
Ich wäre über einen Dickern froh,
Denn wie soll einem Kannibalen schmecken
Ein magrer Jud mit einem schmalen Becken?
Daß loses Fleisch nicht von den Steißen hange,
Muß du sie spießen auf der heißen Stange!
Servier sie mir gut durch und warm gedünst't,
Daß du Vergnügen meinem Darm gewinnst,
Denn wenn ich einen rohen Weißen schmeck',
So wird mir übel und ich schmeiß'n weg!"

Sie wurden, ach, von keiner Fee gerettet,
Er fraß sie alle, mit Püree gefettet.
Doch ein zu heiß verschlungner Kragen machte,
Daß es ihm jämmerlich im Magen krachte.
Man sah ihn stundenlang in Blässe speiben,
Drum ließ er künftig solche Späße bleiben.

Er wird ein zahmer Mann, der Hosen trägt,
Besondern Abscheu vor Matrosen hegt,
Statt Juden ißt er jetzt nur mehr gern Hering –
Barbar sein überläßt er dem Herrn Göring.

Vierfach gequält

Schüttelreim in der Sackgasse

Die Kinder sitzen da in Gruppen süß
Und essen friedlich ihren Suppengrieß.
Gern spend' ich ihnen meinen Sippengruß –
Was aber mache ich mit GRIPPENSUSS?

SUS, edle Sau, dir gilt mein Sippengruß!
Fern seien Seuchen dir und Grippen, SUS!
Umspielen mögen dich in Gruppen süß
Viel Ferkel, wohlgenährt mit Suppengrieß!

Selbsterkenntnis

Der Wortverdreher kennt kein Messerspitzchen,
Er sagt statt Messerspitzchen „Spessermitzchen",
Das sind die abgeschmackten Spießermätzchen,
Entsprungen dem Gehirne mieser Spätzchen.

Und trotzdem . . .

Als ich einst auf geteilte Spesen reiste
Und höchst bescheiden mit Theresen speiste,
Da gab's zum Nachtmahl oft nur „Reisenspeste"
(So nannten wir im Scherz die Speisenreste).

Worträtsel

Es gibt ein Werk von Theodor Storm,
Streich ihm den Schluß, dann ist's enorm.
(Immensee)

Mit H find'st du's bei Schiller, lieber Leser,
Mit M ist es ein nördlicher Chineser.
(Handschuh)

Mit o schuf es ein Maler fleißig,
Mit a nennt man es 12 Uhr 30.
(Holbein-s)

ZWEI-EINS erzittert, denn EINS-ZWEI kann stechen
Und als Spanier aus Übermut Formen zerbrechen.
(Aspic, Pic-As, Picasso)

Als der brave Sängerchor
Ungestützt sein A verlor,
Aus dem irdischen Gewimmel
stieg er auf zum Sternenhimmel.
(A Capella)

Ein Liebesgott und ein elektrisch Teilchen,
Wo beide herrschen, wächst kein Halm, kein Veilchen.
(Eros-ion)

Die kleine Frucht verlor ihren Kern,
Und ward zum Haus im Dienste des Herrn.
(Kir-s-che)

Ich seh das Wort an deiner Hand
Wie schön es ist, wie elegant!
Doch daß dich's nicht mit mir verband,
Daß nicht von mir sein Diamant,
Macht, daß ein Laut daraus entschwand
Und dies Gefühl mich übermannt.
(Trauri-n-g)

Was ein Heftchen dem englischen Publikum,
Bedeutet dem Wiener: Der Rücken ist krumm.
(Booklet)

Ich hab' dir's englisch zugedacht,
Denn deutsch hätt' es dich umgebracht.
(Gift)

Wo er ein Küßchen und ein D geraubt hat,
Entstand sogleich die weltberühmte Hauptstadt.
(Mün-d-chen)

Der Schadenfreude Hochgenuß
Tönt höhnisch aus dem Alpenfluß.
(Etsch)